OPINIONS

D'UN

OFFICIER CARLISTE

A PROPOS DE

LA CRISE ESPAGNOLE

IMPRIMERIE J. CLAYE — RUE SAINT BENOIT 7 — PARIS

OPINIONS

D'UN

OFFICIER CARLISTE

A PROPOS DE

LA CRISE ESPAGNOLE

PAR

Le Baron AMIOT

EX-OFFICIER DE CAVALERIE FRANÇAISE

ANCIEN CHEVALIER-GARDE A L'ARMÉE CARLISTE

PARIS

E. DENTU, LIBRAIRE-ÉDITEUR

17-19, PALAIS-ROYAL, GALERIE D'ORLÉANS

—

1875

I

Les événements dont l'Espagne est le théâtre ne sauraient nous être indifférents.

Au point de vue financier, l'épargne française est souverainement intéressée à ce que la Péninsule redevienne prospère, sous l'impulsion d'un gouvernement indiscuté.

Au point de vue politique, nous avons payé cinq milliards et deux provinces le droit de soutenir que tout ce qui se passe au delà des Pyrénées, peut avoir pour nous, du jour au lendemain, les conséquences les plus graves, et que, par conséquent, nous ne saurions nous en désintéresser.

On ne s'étonnera donc pas qu'ayant appris la récente arrivée à Paris d'un ancien officier d'artillerie de l'armée régulière espagnole, que j'ai connu au service de don Carlos, j'aie voulu apprendre de lui les raisons qui l'empêchent encore de se rallier à une cause dont le triomphe doit lui importer, au fond du cœur, beaucoup plus que la cause du Prétendant.

Comme les raisons qu'il m'a données seraient, si je dois l'en croire, non-seulement celles qui retiennent encore autour de don Carlos les seuls éléments sérieux de la guerre civile, mais en même temps celles qui paralysent, dans le reste de la Péninsule, l'élan des populations vers le trône d'Alphonse XII, j'ai cru qu'il était utile de les rendre publiques.

Je serai heureux si ceux de nos hommes politiques qui sont en situation d'en comprendre l'importance, daignent en faire leur profit assez à temps pour conjurer de grands périls.

Quant à moi, tenant à leur conserver toute leur valeur, je me contente de les reproduire, sans y ajouter d'autre commentaire que mon empressement à les publier.

II

« Tu es dans le vrai, m'a dit mon ami, en croyant qu'au fond du cœur le triomphe de la cause symbolisée par Alphonse XII m'importe beaucoup plus que le triomphe de la cause symbolisée par le Prétendant.

« Serais-je du reste dans les rangs de l'armée carliste? un grand nombre d'anciens officiers de l'armée régulière espagnole s'y trouveraient-ils avec moi, si nous ne nous étions écartés de celle-ci, malgré notre amour pour son drapeau, en haine des hommes qui, pendant sept ans, l'ont précisément détournée du service de la cause que, selon toi, j'hésiterais à servir de nouveau?

« Tu me demandes alors comment il se fait que je ne sois pas encore à Madrid, et pourquoi l'armée de don Carlos ne s'est pas fondue, à la nouvelle de la proclamation d'Alphonse XII, puisque la plupart des soldats qui la composent ne sont entrés, comme moi, dans ses rangs, qu'en haine des hommes de Cadix et d'Alcolea?

« Que ne demandes-tu, à tous les Espagnols influents des diverses provinces d'Espagne, où le carlisme ne compte pas de partisans, comment il se fait que, malgré leur identification complète avec la cause symbolisée par Alphonse XII, ils hésitent encore à manifester toute la joie qu'ils éprouvent de l'avénement du jeune Roi?

« Leur réponse ne différerait ni de la mienne, ni de celle des officiers d'artillerie qui déplorent avec moi, dans les rangs carlistes, la division de l'armée espagnole en deux camps. Elle consiste-rait à te poser à leur tour les questions sui-vantes :

« Es-tu bien certain qu'en ce moment Alphonse XII ne soit pas, malgré Lui et malgré les plus honnêtes de Ses conseillers, engagé dans une voie périlleuse pour Sa propre cause?

« Peux-tu nous assurer que Ses conseillers ne deviendront pas, à leur tour, les instruments des hommes qui ont renversé le trône d'Isabelle II, compromis la paix de l'Europe, exposé l'Espagne à subir le joug de l'étranger, pour l'unique satisfaction de leurs ambitions et surtout de leurs intérêts ?

« Es-tu sûr enfin qu'après avoir été acclamé, en haine de ces hommes, Alphonse XII ne soit pas exposé à en devenir bientôt la dupe, et peut-être la victime ?

« Si tu pouvais répondre affirmativement à ces questions; si tu pouvais faire garantir, par un fait que je vais t'indiquer, la certitude qu'Alphonse XII évitera le piége que les hommes de Cadix et d'Alcolea ont commencé à Lui tendre, le jour même de Son triomphe et de leur chute, tu verrais l'Espagne tout entière s'élancer pleine d'espoir vers Son trône; et don Carlos contraint à fuir ou à s'incliner !

III

« La cause qu'Alphonse XII symbolise, nous l'avons tous cimentée de notre sang. Quand je dis tous, c'est que je n'excepte pas même nos adversaires de bonne foi, qui par le *Convenio* de Vergara ont ajouté la somme de leurs sacrifices à la somme des nôtres. S'ils ont relevé leur ancien drapeau; si je m'y suis rallié, ce n'est que parce que les hommes de Cadix et d'Alcolea nous ont dégagés de nos serments, en renversant le trône d'Isabelle. Ils sont responsables du réveil du carlisme, comme des excès de Carthagène.

« A la seule pensée que la cause symbolisée par Alphonse XII peut réunir de nouveau tous les Espagnols, l'héroïque Cabrera reprend pour son compte les engagements de Maroto. Si nous hésitons à répondre à sa voix, c'est que don Carlos peut affirmer encore, avec une apparence de raison, que Cabrera se trompe quand il croit que la Monarchie d'Alphonse XII est bien celle dont Vergara consolida les bases.

« Cette Monarchie, s'appuyant sur les Cortès, est antérieure à nos révolutions honnêtes, qui l'ont sanctionnée sous toutes leurs formes. Elle est entrée en rapport avec le progrès, de sa propre volonté, protégeant le pays, par son existence, contre les plus extrêmes de ses égarements.

« Dans ces conditions, don Carlos pourrait s'incliner devant Alphonse XII, sans renier son principe; car, avant Alcolea, il ne s'est jamais agi en Espagne de nier le droit divin de la Monarchie, mais de savoir quel était l'héritier légitime de ce droit, ce qui est bien différent.

« Les Cortès n'ont jamais cru, en soutenant le droit d'Isabelle, substituer une Monarchie élective à une Monarchie légitime; mais elles ont entendu, au contraire, consolider celle-ci, aux termes de la loi régulièrement soumise à leur sanction par Ferdinand VII.

« Jusqu'à Vergara, nous avons répandu notre sang pour établir la légitimité de la Monarchie d'Isabelle; après Vergara, cette légitimité, qui n'avait été discutée que dans son symbole et non dans son principe, est devenue indiscutable.

« Alphonse XII doit donc être Roi par sa mère, et comme sa mère fut Reine, non en vertu du bon vouloir de tels ou tels hommes. Cela ne peut s'établir clairement, aux yeux du peuple espagnol, que par un fait. Sans cela, l'anéantissement des prétentions carlistes est impossible. Or, par l'insistance qu'on paraît mettre à retarder l'accomplissement de ce fait, on expose Alphonse XII à passer pour le successeur d'Amédée, ce qui Lui créerait en Espagne une situation analogue à celle qu'eut Louis-Philippe en France, et condamnerait Son règne au même sort que le règne de ce prince.

« Alphonse XII est souverain légitime par l'abdication de Sa mère. Les Cortés seront appelées par Lui pour s'entendre avec la Monarchie et non pour la discuter, son principe ayant été consolidé par le sang d'Espartero comme par celui de Zumalacarregui, au moment où chacun de son côté croyait se battre pour l'héritier légitime d'une Monarchie indiscutable et indiscutée.

« S'il en était ainsi, bien ; mais à partir de mariages dont nous nous serions bien passés, on a tenté, de plus en plus, d'établir une parité entre la Monarchie de Louis-Philippe et celle qu'Isabelle devait transmettre à Son fils. Cela nous a conduits au souverain étranger. Si cette parité était mise de nouveau en avant, dans un intérêt politique en opposition avec l'intérêt national, crois-tu qu'elle n'aboutirait pas de nouveau, tôt ou tard, à un résultat identique; et comprends-tu alors que don Carlos se prétende fondé à soutenir qu'il est le représentant du principe, tant qu'Alphonse XII n'aura pas affirmé, par le fait dont je t'ai promis l'indication, qu'il est Roi, en vertu de l'abdication de sa mère, parce qu'il est le fils d'Isabelle et non quoiqu'il soit Son fils.

« Tout est là !

IV

« Le jour où l'on apprit, au camp carliste, la proclamation d'Alphonse XII à Madrid, don Carlos pâlit, la princesse Marguerite pleura. Cette pâleur et ces larmes, c'était leur adieu à la couronne.

« Ceux d'entre nous, qui avaient appartenu à l'armée régulière sous le règne d'Isabelle, se souvinrent du serment à Elle prêté et qui prime évidemment le serment prêté à don Carlos.

« Tous les autres nous comprirent. Pendant quelques jours, une grande indécision régna. Il dépendait d'un acte de génie que la dissolution du carlisme s'opérât d'elle-même.

« Deux partis énergiques pouvaient être pris par Alphonse XII.

« Il pouvait refuser de venir à Madrid avant

la convocation de Cortès élues sur les bases les plus larges, et auxquelles seraient conviés les représentants des provinces en notre pouvoir.

« Il pouvait venir à Madrid, comme Il l'a fait, mais dans d'autres conditions, et non pour S'engager immédiatement contre nous, avant même que personne se fût engagé envers Lui.

« Tu remarqueras en effet, et c'est là le péril, que, jusqu'à ce moment, Il S'est engagé seul.

« Ne pas venir était adroit.

« Venir était héroïque.

« Les Espagnols peuvent être héroïques et adroits ; mais adroits seulement, surtout quand ils sont princes, cela leur est difficile.

« Ne nous arrêtons donc pas à l'hypothèse d'une déclaration datée de l'étranger, bien qu'elle eût pu avoir sa grandeur, et que les Espagnols, plus que tous les autres peuples, soient capables de comprendre un acte de souveraine dignité.

« Alphonse XII eût-il cependant si mal fait de refuser de prendre parti dans la guerre civile, avant d'avoir appelé les belligérants sur le terrain commun des Cortès?

« Venir n'impliquait pas du reste la nécessité de prendre immédiatement parti sans garanties. Venir avait l'avantage d'affirmer cette légitimité monarchique qui peut seule contraindre le carlisme à se dissoudre.

« Mais alors il fallait, en venant, répondre au sentiment qui avait motivé l'appel. Or il n'est douteux pour personne que ce sentiment ne soit le dégoût profond pour tout ce qu'ont fait, en Espagne, les hommes qui l'ont gouvernée, depuis la bataille d'Alcolea jusqu'à la manifestation indignée de Martinez Campos.

« Ne pas répondre à de tels sentiments, se tromper sur leur nature, c'est se créer de grands dangers pour l'avenir. Les Bourbons ne devraient plus en être cependant à faire l'expérience de telles erreurs.

« 1830 serait-il une date historique pour la France, si Louis XVIII, en admettant Fouché dans son conseil, n'avait fait justement le contraire de ce que voulait l'opinion, avec la conviction de la satisfaire?

« On a fait commettre à Alphonse XII une faute pour le moins aussi grave, en Lui faisant sacrifier, au sommeil paisible des hommes de Cadix et d'Alcolea, la satisfaction réclamée de Lui par toute la Péninsule, du fait même de Son avénement : le retour triomphal de Sa Mère. Cette faute a eu pour conséquence Sa venue contre nous en ennemi et non en pacificateur.

« Devant Alphonse XII au bras de Sa Mère, nous serions tombés à genoux.

« Devant Alphonse XII entouré des hommes, dont la conduite nous a contraints à quitter l'armée espagnole, nous avons résisté.

« La princesse Marguerite a séché ses larmes, et la pâleur de don Carlos a disparu.

« A qui la faute?

V

« L'intervention de l'héroïque Cabrera peut exercer une énorme influence sur ce que j'appellerai les carlistes de fondation. N'ont-ils pas été jadis ses compagnons d'armes ?

« Mais je t'assure que ce ne sont pas ces carlistes qui forment la partie résistante de l'armée du Prétendant.

« Nous sommes là, un assez grand nombre encore, amenés, je te l'ai dit, à le servir, par la haine qui nous anime contre les gens de Cadix et d'Alcolea ; par le mépris que nous inspirent les hommes dont ils reçurent alors les moyens d'agir.

« Ces hommes sont la plaie de notre pays. Nous les connaissons tellement que nous redoutons de les voir agir derrière les conseillers du fils de la femme qu'ils ont fait détrôner. Leur soif du pouvoir est la cause unique de nos maux. Je pourrais facilement te prouver qu'elle n'est pas étrangère aux vôtres; mais tu n'as pas besoin de cela pour le savoir : les faits ont parlé.

Or suis bien mon raisonnement, et tu verras si mes craintes, si les craintes de tous les Espagnols sont dénuées de fondement.

« Alors que l'Espagne pouvait enfin se croire sortie de la voie douloureuse des épreuves; alors que Tétuan l'avait replacée au rang des grandes nations, sous le sceptre d'une femme dont les qualités sont proverbiales; alors que notre richesse intérieure se développait; que notre influence extérieure grandissait; que nous étions sur le point d'en finir avec nos embarras coloniaux; alors que nous venions d'être assez heureux pour nous dégager de toute complication de nature à troubler la paix du monde, que la religion s'alliait au progrès pour préparer le règne d'un Prince élevé dans le sein même de notre patrie; alors, dis-je, que tout nous souriait, des hommes payent d'autres hommes pour anéantir notre prospérité, et nous assistons, pendant sept longues années, au spectacle que tu sais.

« Non-seulement l'anarchie menace de détruire chez nous tout ce que le progrès y a réalisé de grands travaux et de merveilles ; non-seulement nous subissons l'humiliation de voir des Espagnols appeler un prince étranger, et celle plus grande encore de voir ce prince s'éloigner de nous, en faisant preuve de la valeur morale dont manquent ceux qui l'ont abusé ; non-seulement nous tombons de la République naïve dans la dictature impuissante ; mais, au cours de ces dures épreuves, nous contribuons, par la faute de ces hommes, à la ruine de la France, notre alliée naturelle, ce qui augmente nos maux et finit par nous exposer à une intervention redoutable, qui se fût assurément produite, si l'énergie d'un soldat n'avait pas suffi pour jeter bas le fragile échafaudage d'intérêts et de passions dressé sur notre dos, dans le but unique de conserver le pouvoir aux commanditaires et aux acteurs de Cadix et d'Alcolea.

« Pourquoi a-t-il suffi de l'énergie d'un soldat pour contraindre au moins la raison sociale de ces hommes à s'évanouir ; pour obliger leurs ministres à supplier Canovas del Castillo de les sauver en les remplaçant ?

« Parce que l'Espagne y voyait clair enfin ; parce qu'elle comprenait que, depuis sept ans, on travaillait à lui faire perdre l'influence acquise par la Monarchie d'Isabelle, le bien-être que cette Monarchie lui avait assuré, le rang que lui avait reconquis la Reine, dont la main avait écrit Tétuan sur l'étendard où la main d'une autre Isabelle a écrit Grenade !

« Que signifie donc le triomphe rapide de Martinez Campos, la prière instante adressée à Canovas del Castillo, par les ministres du dictateur, de prendre les rênes au nom du souverain légitime ; sinon que l'Espagne reconnaît tout le monde coupable de ce qui s'est passé depuis sept ans, les uns pour l'avoir fait, les autres pour l'avoir laissé faire ; sinon qu'à ses yeux la seule innocente est la femme détrônée à laquelle on va demander son fils ; sinon qu'on tient à ce que les hommes qui l'ont trahie, dans les conditions les plus infâmes, soient à jamais écartés du pouvoir ?

« Or qu'arrive-t-il ?

« Tout le monde jouit du bonheur que procure l'avénement de l'enfant élevé par Isabelle pour le salut de l'Espagne ; tout le monde respire ; les exilés revoient le ciel espagnol, ce qui n'est que justice ; les commanditaires de Cadix, les acteurs d'Alcolea ne sont pas écartés, ce qui est déjà clémence. Une seule personne est exceptée de ce bonheur : c'est celle à qui tous le doivent; c'est la femme trahie; c'est la femme outragée; c'est la Reine qui a seule pu légalement permettre à Alphonse XII de symboliser la cause à laquelle nous nous rallierons dès que nous serons convaincus que rien n'en vicie le symbole !

« Tu prétends, et vos journaux prétendent comme toi, que c'est Elle-même qui S'est exceptée de ce bonheur pour n'inspirer d'ombrage à personne, pour ne troubler en rien la quiétude de ceux qui pourraient douter de Son pardon. C'est sublime! Mais tu oublies que le sacrifice des bons à la quiétude des méchants doit avoir pour limites la garantie du repos de tous.

« Si la reine Isabelle a voulu demeurer loin de Son fils, Elle a tout bonnement puni ceux qui ne Lui ont rien fait, en même temps qu'Elle absolvait les auteurs de Son exil; mais Elle n'avait pas ce droit; et il faut qu'Elle y renonce; car tant qu'Elle restera loin de Son fils, on ne sortira pas de l'idée des Espagnols que les hommes de Cadix et d'Alcolea se sont reconstitués en hâte derrière le gouvernement d'Alphonse XII, pour exploiter de nouveau le pouvoir, comme ils se sont reconstitués derrière chacun des gouvernements qui,

depuis sept années, leur ont servi de paravent.

Comprends-tu maintenant pourquoi l'armée
carliste existe encore ?

VI

« Ce qui nous a retenus autour de don Carlos, en prévision de nouveaux malheurs, dus encore aux hommes de Cadix et d'Alcolea, ce qui fait hésiter bien des Espagnols, c'est la physionomie prise par certaines affaires financières, à l'abri de la situation nouvelle.

« Alphonse XII n'a pas encore envisagé cette question ; la reine Isabelle eût certainement éveillé, à ce sujet, Son attention, si Elle avait été près de Lui.

« Les commanditaires et les acteurs de Cadix et d'Alcolea sont des hommes avides, n'ayant vu de tout temps, dans les événements produits par eux, que le parti lucratif à en tirer immédiatement. La plupart sont d'accord avec les financiers

qui ont tant fait de mal à ton pays et au nôtre.
Or la présence des complices de ces financiers
derrière Alphonse XII, malgré Ses conseillers
dévoués mais aveuglés à dessein comme Lui,
résulte évidemment des catastrophes dont votre
Bourse vient d'être le théâtre.

« Ne serait-il pas déplorable que Martinez
Campos ait vu l'Espagne se lever à sa voix, uni-
quement pour que tels titres espagnols, dont
nous connaissons la valeur réelle, subissent les
écarts injustifiés et révoltants, qui sont de nature
à ébranler encore notre crédit extérieur, au moment où il a le plus besoin de retrouver ses
assises?

« Tu ne dois pas ignorer que c'est en partie
en vue de semblables coups de Bourse qu'on a
jadis renversé Isabelle, et, qui pis est, favorisé
les prétentions d'un Hohenzollern sur la couronne de Charles-Quint.

« Comment veux-tu que cessent les doutes
des Espagnols, quand nous voyons les écrivains
dévoués à ces financiers insinuer avec délica-
tesse, mais insinuer en fin de compte, sans doute
en vue de ces coups de Bourse, que l'ostracisme
d'Isabelle II est une nécessité, quand ils sont
mieux à même que personne de savoir le contraire, puisque, de Paris à nos avant-postes, ils

n'ont pas quitté Alphonse XII, et qu'ils ont dû
entendre partout, comme nos espions, redeman-
der la mère des pauvres, la bienfaitrice de tous.

« Votre presse, inspirée par les influences
dont l'Espagne n'entend plus subir le joug, ma-
nœuvre dans le sens de l'ostracisme d'Isabelle II
avec un ensemble trop complet pour n'avoir pas
été concerté. Or, s'il a été concerté, il est donc
le fait des gens que nous redoutons; et, pour
qu'il n'ait pas encore été déjoué par les conseillers du jeune Roi, il faut donc également qu'on
soit parvenu à les circonvenir.

C'est surtout au point de vue financier que le
gouvernement d'Alphonse XII aurait besoin de
s'affirmer de façon à ne laisser aucun doute sur
ses tendances exclusivement espagnoles. La présence de M. Salaverria est certainement une
garantie; mais elle ne peut suffire pour nous
convaincre de l'anéantissement des influences
qui ont multiplié les crises politiques pour obtenir des résultats financiers, et les crises financières pour obtenir des résultats politiques.

« Si la présence d'Isabelle à Madrid témoi-
gnait de l'anéantissement de ces influences, alors
nous pourrions avoir foi dans l'avenir du crédit
intérieur et extérieur du nouveau gouvernement;
car, du jour où l'Espagne s'occupera de nouveau

de ses finances, autrement qu'en vue d'enrichir tels ou tels, elle disposera d'immenses ressources; et ses créanciers pourront compter sur le service régulier de sa dette. Mais, à ce propos, comme à propos du carlisme, le gouvernement n'a qu'une bataille à livrer; et il faut que cette bataille soit une victoire.

Elle ne peut être une victoire qu'avec la présence d'Isabelle, dissipant tous les nuages, et motivant un grand élan national. Comment se fait-il alors que les journalistes inféodés à vos financiers se taisent sur cette nécessité? Auraient-ils quelque intérêt à voir se renouveler les scandales de ces derniers jours? Les conseillers d'un roi peuvent être circonvenus. On ne circonvient pas une mère!

VII

« L'Espagne monarchique, gouvernée par son roi légitime avec le concours de ses Cortès, dans le sens national que je t'ai précisé, n'a rien à redouter des complications extérieures et ne peut inspirer d'ombrage à aucune autre nation.

, « Elle reprend son rang de grande puissance indépendante, et se développe en vertu de ses propres forces, libre de ses mouvements, et surtout de ses alliances.

« Quelle que soit la forme des gouvernements des nations ses voisines, elle peut demeurer en paix avec elles, et ne saurait motiver par la forme du sien aucune espèce de crainte de leur part.

« C'est à cette situation, bien tranchée de

nouveau par Isabelle, que l'Espagne a dû de
pouvoir se dégager à temps de l'erreur mexi-
caine, sans s'aliéner votre empire, et en réser-
vant, vis-à-vis de l'Angleterre et des États-Unis,
l'intégralité de ses droits sur ses possessions des
Antilles.

« Si, au contraire, les hommes de Cadix et
d'Alcolea, si surtout leurs commanditaires par-
venaient à circonvenir complétement les conseillers d'Alphonse XII, et à faire prévaloir, en pro-
longeant l'ostracisme d'Isabelle II, la pensée
d'une Monarchie constitutionnelle, calquée entiè-
rement sur celle de Louis-Philippe, ils mettraient
l'Espagne à la merci de toutes les complications
européennes possibles, et dans le sens qui offre
justement aujourd'hui le moins d'avantages,
puisqu'il suffit d'être un peu au courant des
choses pour comprendre que la Monarchie constitutionnelle, telle que Louis-Philippe l'avait
comprise, est la forme de gouvernement qui a
le moins de chances de prévaloir désormais en
Occident.

« Je fais tous mes efforts pour être entendu
de toi, sans avoir à mettre en avant des noms
propres. Je suis en ce moment sur le terrain de
mon argumentation le plus délicat à ce propos.
Aussi dois-tu voir errer à chaque instant sur mes

lèvres le nom d'un prince qui aurait dû être le premier à vouloir qu'Alphonse XII partît avec Sa mère ou L'appelât depuis lors, si ce prince avait compris quelque chose aux événements, et avait profité des avertissements qu'il en a reçus.

« Il n'y a de possible pour la France que la république ou l'empire. Je connais ton goût pour l'empire ; mais enfin la république existe ; et ce qui peut te consoler, par exemple, c'est que, si elle se suicide, elle ne pourra le faire qu'au profit du gouvernement de ton choix.

« Eh bien ! qu'arriverait-il si le prince que je ne veux pas nommer parvenait à exercer, grâce à l'absence prolongée d'Isabelle, une influence assez grande sur le gouvernement d'Alphonse XII pour que ce gouvernement puisse être considéré comme le reflet des aspirations de la famille nombreuse et riche dont les ambitions font en ce moment leur deuil du gouvernement de la France?

« Il arriverait que, soit par la république, soit par l'empire, la Monarchie espagnole serait accusée, à tort ou à raison, d'être le foyer d'une opposition internationale, et que, par conséquent, l'Espagne perdrait cette indépendance de toute complication extérieure qui lui a permis de prospérer sous une dynastie bourbonienne, sans porter le moindre ombrage à votre second empire.

« Cela n'arriverait, à la vérité, qu'en admettant qu'une telle monarchie puisse triompher du carlisme, de ses propres déchirements et des répulsions qu'elle inspire à tous les Espagnols, dont le patriotisme n'a pas été étouffé par l'argent versé à Cadix.

« Je crois, pour ma part, qu'elle serait vite condamnée. Elle n'est pas plus possible aujourd'hui en Espagne qu'elle ne l'est en France. Si ceux qui la rêvent persistent dans leurs efforts en même temps que dans leurs illusions, ils pourront tout au plus réussir à plonger de nouveau les deux pays dans une anarchie dont ils seront cette fois les victimes.

« Je n'ai pas de conseils à donner à ceux des coryphées de cette monarchie qui s'agitent à Paris ; mais, si je pouvais parler au prince que nous redoutons de voir exercer à Madrid une influence funeste, je lui conseillerais, dans son intérêt, dans celui de sa femme et de ses enfants d'abdiquer toute prétention personnelle et de faire tout son possible pour hâter le retour en Espagne de sa bienfaitrice. Qui sait si, dans quelque temps, il ne sera pas bien heureux de retrouver dans son ombre le bonheur qu'il lui a dû et dont il l'a si peu récompensée ?

« Me blâmeras-tu, maintenant, de ne vouloir quitter don Carlos que lorsque la présence d'Isabelle à Madrid nous aura fait comprendre d'une façon précise que nous n'avons plus à redouter pour l'Espagne l'influence de cette politique des mariages, qui a tant coûté de larmes à l'excellente Reine, tant coûté de sang à l'Europe, et à laquelle Alphonse XII doit d'avoir, pendant sept années, mangé le pain amer de l'exil.

« Martinez Campos n'a triomphé, je te le répète, qu'en haine de cette politique; et nous ne nous croirons délivrés d'elle que le jour où les cloches d'Atocha sonneront à toutes volées pour célébrer le retour de la plus auguste et aussi de la plus éprouvée de ses victimes.

« Peut-être verrons-nous, ce jour-là, don Carlos entrer à Atocha derrière Alphonse XII.

VIII

« En Espagne, le nom d'Isabelle est magique.
Avant qu'on pût se rendre compte des qualités
de Celle qui l'a porté pour la seconde fois sur le
trône, on L'aimait et on se battait pour Elle parce
qu'Elle portait ce nom.

« Depuis Elle s'est Elle-même chargée d'y
ajouter un nouveau prestige : celui de la bonté
poussée à l'excès.

« Elle est allée si loin dans la voie de la géné-
rosité, que ceux qui Lui ont fait le plus de mal ne
L'ont trahie qu'avec la ferme confiance d'être par-
donnés s'ils échouaient. Ils L'ont calomniée de la
façon la plus atroce; et cela n'a servi qu'à faire
jaillir du cœur de la noble femme un mot qui
explique notre amour pour elle : « Je sais bien

« que j'ai des défauts. J'en ai comme tout le
« monde. Mais jusque dans mes défauts je suis
« sûre d'être Espagnole. »

« Ce mot-là vaut une armée.

« Figure-toi donc alors ce qu'eût été l'arrivée
d'Alphonse XII, appuyé sur Sa mère, aux avant-
postes de notre armée, qui compte tant d'hommes
dont le sang a coulé pour Elle.

« De quel effet n'eût pas été sur tous les
Espagnols qui doutent encore, la vue de la Reine
chérie ! Ils ne peuvent se figurer que tout soit
fini, tant qu'Elle n'aura pas Elle-même parlé,
pour assurer au pays que Son fils est bien là
pour la continuer.

« N'as-tu pas remarqué que tout ce qui va
vers Alphonse XII se préoccupe d'abord d'Isabelle ; et n'es-tu pas froissé de l'affectation qu'on
met à ne pas répondre à cette préoccupation, de
peur, sans doute, qu'elle ne trouble le sommeil
des gens qui ont coûté tant d'existence, tant de
richesse à notre malheureux pays et au tien?

« Les Cubaines ont brodé un drapeau aux
armes du fils ; mais à qui les Cubains sont-ils
chargés de l'offrir? A la mère! Ils la cherchent
en vain à Madrid ; et, chose étrange, c'est à Paris
qu'Isabelle II doit le voir flotter, lorsque les auteurs de tous nos maux sont en Espagne !

« Isabelle !

« Ce nom s'est exhalé des lèvres madrilènes avec le nom d'Alphonse XII ; et il a fallu donner une Isabelle aux royalistes.

« C'est à cette nécessité qu'on a obéi, en priant la Reine de donner Sa fille, après avoir donné Son fils. L'infante S'appelle Isabelle comme Sa mère ; et, pour les masses, sa vue a été une consolation ; mais, pour les hommes sérieux, si la veuve du jeune prince qui se conduisit en héros à Alcolea est digne de tous les respects, elle ne peut signifier ce que signifie Sa mère. En l'absence de Celle-ci, Elle devient même une cause de plus d'hésitation ; car il n'a pas manqué de gens pour répandre que les habiles cherchent à faire d'Elle une carte de plus dans leur jeu, en La poussant vers un mariage qui Lui ôterait une partie de ce caractère exclusivement espagnol que les hommes de Cadix et d'Alcolea tiennent tant à retirer à la dynastie des Bourbons !

« Et puis, tu te tromperais étrangement si tu croyais que l'Espagne n'apprécie pas à leur valeur le bon sens dont la Reine a fait preuve pendant Son exil, et l'influence qu'Elle a su conserver depuis Son séjour loin de nous.

« La façon dont Elle a élevé Son fils, sauvegardé Ses droits, conduit de loin les événements qui ont amené le triomphe d'Alphonse XII, dénote une sagesse dont le fameux Soulé fut l'appréciateur éloquent, lorsqu'étant ambassadeur des États-Unis à la cour de Madrid, il écrivit au ministre des affaires étrangères de l'Union : « La Reine Isabelle est un homme d'État ! »

« La conduite de la Reine pendant son exil nous rappelle que, si Ses ministres avaient toujours écouté Ses avis, nous n'en serions pas où nous en sommes; et, puisque le malheur nous a éprouvés, parce qu'ils ne L'écoutèrent pas assez, nous trouverions pour l'avenir une garantie à ce qu'on L'écoutât maintenant, ne fût-ce qu'un peu.

« Et il est grand temps que cela soit, mon cher ami.

« Une fois la lutte sérieuse engagée de nouveau, qui peut répondre d'un hasard? D'un côté comme de l'autre, nous n'avons à notre disposition qu'une grande bataille. Tout dépendra d'elle. Si nous sommes vainqueurs, c'est l'anarchie dans toutes les parties de la Péninsule que nous ne pourrons pas occuper; et dans notre sein les déchirements commencent, causés par des divergences d'opinion, dont celle que je t'exprime peut te donner une idée. Si nous sommes vaincus, c'est alors qu'en l'absence d'Isabelle II, je vois recommencer pour l'Espagne des luttes dites parlementaires qui, dans un pays comme le nôtre, ne peuvent aboutir qu'à un nouveau Cadix, si l'influence des habiles prévaut sur celle des convaincus.

« L'arrivée d'Isabelle II en Espagne, Sa présence au milieu de nous, auraient pour double résultat d'éviter d'abord l'effusion du sang, et, ensuite, de grossir les rangs de ceux des sujets d'Alphonse XII qui ne veulent pas que Son règne soit la seconde édition du règne d'Amédée.

« Pour ma part, dès qu'Isabelle II aura mis le pied en Espagne, je me sépare du prétendant ; et il en sera ainsi de tous ceux qui, dans son armée, ont jadis prêté serment à la Reine ; car, de ce jour-là, ils verront qu'Alphonse XII est bien *le Roy !* EL REY !

« Ce qu'on appelle ici les provinces est un pays qui doit beaucoup à Isabelle, et qui s'en souvient. Elle s'y trouvait lors du pronunciamiento de Cadix ; et on L'y acclamait encore après Alcolea. Des offres spontanées Lui furent faites de la défendre. Qu'Elle y revienne ; qu'Elle dise : « Me voici ! » Et tu verras !

IX

« Tous les correspondants de vos journaux français ont été unanimes pour reconnaître qu'avant d'arracher la foi catholique de notre être, il faudrait en arracher le cœur qu'elle fait palpiter. Eh bien ! crois-moi si tu le veux : pour le peuple espagnol, qui ne comprend bien une idée que lorsqu'elle revêt une forme, la religion menacée depuis Cadix ne cessera de l'être que le jour où Isabelle II fera ses dévotions à Atocha.

« Nous n'aimons pas que les fils se séparent de leurs mères ; nous croyons toujours que cette séparation a des causes que l'on nous cache, et nous en concluons qu'il y a malaise.

Avant de persister à croire qu'Elle ferait bien de demeurer à Paris, en admettant que cela soit vrai, ce dont je doute, La sachant trop Espagnole pour ne pas regretter, ne fût-ce que la calle d'Alcala, la Reine Isabelle II doit Se souvenir que l'Espagne ne fut, sous Son règne, au comble du bonheur, que lorsque l'Espagne était certaine d'un accord complet entre Elle et la Reine Christine, bien qu'il y eût une grande différence entre la situation d'alors et celle d'aujourd'hui.

« Toutes les fois qu'on séparait Isabelle II de Christine, l'Espagne était sur le qui-vive. C'est que l'Espagne comprenait que les hommes qui faisaient cela avaient un but, et qu'un but est mauvais quand on ne peut l'atteindre qu'au prix de la division de la famille. Et, en effet, qui était à Alcolea, sinon ce qui restait des hommes dont l'incessant travail avait été de séparer la fille de la mère! sinon celui dont nous redoutons l'influence sur les conseillers d'Alphonse XII! sinon ce prince qui n'est Espagnol que par les dons et les bienfaits de la Reine, au renversement de Laquelle il a plus contribué que personne?

Je t'affirme que la venue du nonce lui-même n'a pu avoir sur les masses espagnoles, au point de vue religieux, l'influence qu'aurait eue le retour d'Isabelle II.

« Quant à notre grandesse, dont le rôle a été si digne depuis sept ans, et surtout sous le règne d'Amédée, crois-tu qu'elle puisse se reconstituer autour des deux Enfants privés de Leur mère.

comme elle le ferait autour d'Isabelle II? Les conseillers d'Alphonse XII ne peuvent, dans ce cas, tenir lieu de la Reine. Ils ne sont pas grands d'Espagne, ils effarouchent, et on les effarouche. Quelle fête est possible, sans Leur mère, pour le jeune homme qui n'a pas l'expérience des grandeurs de Son propre palais, pour la jeune veuve qui ne peut S'empêcher de Se dire qu'après tout l'éloignement d'Isabelle II constitue presque la condamnation de l'héroïsme déployé par Son mari *al puente de Alcolea!*

« Dans toutes les classes de la société, la même préoccupation règne, et c'est parce qu'elle se maintient que les carlistes demeurent en armes. Cette préoccupation est de savoir si la monarchie d'Alphonse XII est la suite de la monarchie d'Isabelle II ou l'héritière de celle d'Amédée.

« Crois-moi, mon cher, si la prompte venue de la Reine ne fait pas cesser cette préoccupation, les Cortès seront des Cortès de partis, non des Cortès monarchiques, et nous assisterons à des scènes faites pour justifier la persistance de don Carlos. Si, au contraire, le retour d'Isabelle précède les élections, nous aurons des Cortès monarchiques, sincèrement espagnoles, et alors le carlisme n'aura plus aucune raison d'être.

« Je voudrais que Castellar ou tout autre

républicain espagnol fût assis à côté de nous. Tu verrais comme il abonderait dans mon sens. Nos républicains se rallieront volontiers à une monarchie reprenant les choses au point où elles en étaient avant la bataille d'Alcolea. Jamais ils ne se rallieront à une monarchie bâtarde, paravent des hommes de Cadix. Les républicains ont été les dupes de ces hommes; Ils le savent : Ils les méprisent autant qu'il les détestent.

« Est-ce qu'en France, si votre république devenait impossible, par suite des intrigues en jeu pour l'exploiter, les républicains ne préféreraient pas mille fois se rallier à l'empire que de subir le joug bâtard des gens qui ne les ont poussés aux excès que pour exploiter leurs erreurs, et se faire adjuger le plus clair de vos millions?

« De plus, malheur, chez nous, à qui, étant étranger, a fait couler le sang national ! Malheur, chez nous, à qui, étant Espagnol, s'est incliné devant l'étranger. Or il y a sur le passé des commanditaires de Cadix le sang du duc de Séville, et, sur le front des acteurs d'Alcolea, le nom d'Amédée de Savoie !

« Le maréchal de Mac-Mahon est tout aussi directement intéressé que nous à ce qu'Isabelle II rentre en Espagne, le carlisme étant un des grands embarras de son administration, et la persistance de certaines ambitions un échec réel à sa dignité, tandis que la reconstitution de la Monarchie espagnole, en dehors de toute influence propice à ces ambitions, permettrait au maréchal de Mac-Mahon de ne plus se préoccuper que des moyens de multiplier entre les deux peuples les rapports d'intérêt matériel.

« Ou je juge mal les hommes, ou le duc de Magenta est la loyauté même. Il doit lui peser alors de sentir nos ambiguïtés dans les coulisses de sa politique. N'a-t-il pas assez d'y voir se produire les vôtres sur le terrain parlementaire, où le même esprit, presque la même main paralyse tout pour n'aboutir à rien qu'à l'énervement général?

« Une victoire du carlisme, motivant l'anarchie dans le sud de la Péninsule; un triomphe momentané, sous le nom d'Alphonse XII, de la politique des mariages espagnols, motivant une intervention de la Prusse; et voilà de nouveau la France contrainte à subir le contre-coup de nos discordes, prise peut-être à revers par l'Allemagne.

« Si le cabinet du maréchal a le sérieux souci du fonctionnement paisible de vos nouvelles institutions, il doit insister pour que la Reine rejoigne Son fils; car, tant que la question espagnole sera troublée, la situation du duc de Magenta sera menacée.

X

« Ainsi donc, me répondras-tu, l'éternelle question des personnes prime de nouveau en cela, comme en toutes choses, la question des principes.

« Pas le moins du monde. Elle la traduit, voilà tout.

« Comment une monarchie s'affirme-t-elle? En agissant. Or quel acte n'aboutit à une question d'objet ou de personne?

« Si je vois, auprès d'Alphonse XII, les commanditaires de Cadix et d'Alcolea, quand j'y cherche en vain Sa mère, je suis naturellement en droit de penser que, en opposition aux promesses du triomphe de Martinez Campos, rien n'est encore changé radicalement dans le sens réparateur ; et je reste au service de don Carlos, pour le cas où les hésitations des conseillers d'Alphonse XII L'empêcheraient de faire triompher la cause que, cependant, Alphonse XII symbolise à titre plus légitime que personne.

« Si donc tu approches les gens préoccupés de hâter la solution de notre crise, dis-leur que, comme toutes les crises, elle ne peut être résolue que par des actes décisifs. Ajoute que le plus décisif de ces actes serait, pour résoudre la crise espagnole, le prompt retour de la Reine Isabelle, sans exclusion de tout autre ; car la crise sera d'autant mieux résolue que l'accord sera plus complet entre tous les membres de la famille d'Alphonse XII. Il faut seulement que chacun d'eux demeure à sa place, surtout s'il n'est pas né sur notre sol.

« La suppression ou la division de la famille autour des trônes est, pour l'Occident, le signe certain de la décadence des empires, le commencement de la décomposition sociale, et cela depuis Auguste. Ouvre Tacite : tu y verras que l'empire romain fut condamné, du jour où l'influence de Séjan l'emporta sur celle de Livie.

« Dieu merci, Isabelle ne nous a pas envoyé un Tibère ; mais Elle nous a envoyé un jeune homme qui, n'ayant pas grandi au milieu de nous, ne peut être bien mis au courant de Son rôle que par Elle, sous peine de subir l'influence d'un des partis au-dessus desquels Il doit planer. La question de mariage se posera promptement d'elle-même. Et la mère ne serait pas là pour la résoudre avec le fils ? La monstruosité de cette supposition suffit pour démontrer combien l'ostracisme de la Reine Isabelle est révoltant.

« Ce que je viens de te dire ne s'appuie sur aucun nom, est indépendant des calculs de tous les partis, ne répond à aucune des combinaisons en ce moment tentées ; c'est ce qui fait que cela est au-dessus de tout, et ne saurait être discuté.

« Les masses ne se dirigent bien administrativement que lorsque, moralement et politiquement, elles sont sous l'influence d'une abstraction, dont on peut ne pas se rendre compte, mais qu'il faut cependant respecter, à peine de voir le chaos se faire où l'ordre pouvait régner.

« En ce moment, la seule abstraction qui puisse en Espagne exercer de l'influence sur les idées des masses, c'est la pensée que la présence d'Isabelle II peut seule effacer ce qui s'est fait, dit ou pensé depuis le funeste *pronunciamiento* de Cadix.

« Alphonse XII. qui est un bon fils, Alphonse XII qui doit à Sa mère une intelligence élevée, Alphonse XII, qui est par conséquent à même de Se rendre compte de l'influence que peut avoir sur un cœur le désir de revoir une bienfaitrice adorée, ne peut, s'Il n'est pas circonvenu, méconnaître de quelle influence doit être, pour la consolidation de Son trône, la présence d'Isabelle II à Madrid.

« Nous ne demandons pas qu'elle signifie vengeance; mais c'est bien le moins que, signifiant oubli, elle implique l'effacement complet des auteurs de nos maux dans le pardon qu'ils ont obtenu.

« Je sais bien que vous tenez à Paris au séjour de la Reine. Elle a su se faire aimer et apprécier même de vos plus farouches républicains. Mais, par cela même, Paris témoigne de son étonnement de voir l'Espagne privée justement de la présence de la personne au souvenir de laquelle elle vient de se soulever tout entière. Pas une province, pas une ville n'a adhéré au mouvement de Martinez Campos, sans songer d'abord à en avertir Isabelle par le télégraphe ; et Isabelle n'est pas à Madrid !

« Je t'ai parlé assez franchement et assez clairement pour qu'il me soit inutile de préciser davantage. Les carlistes de fondation suivront Cabrera, dès que la présence d'Isabelle II à

Madrid leur prouvera que Cabrera n'est pas involontairement la carte d'une habileté nouvelle, à la façon de votre ancien *Philippe* Égalité. Les carlistes de hasard, comme moi, s'empresseront de conseiller au fils de don Juan de se souvenir de la renonciation de son père, dès que la présence d'Isabelle II à Madrid leur prouvera qu'ils ne sont plus exposés à redevenir le jouet des gens qui les ont poussés au carlisme. Les républicains espagnols, la grandesse espagnole, la bourgeoisie espagnole, les masses espagnoles laisseront leur cœur s'épanouir complétement, dès que par la présence d'Isabelle II à Madrid, ils seront sûrs de ne plus être les fiches du jeu de personne, mais les sujets d'un roi légitime, résolu à ne laisser aucune influence s'interposer entre lui et son peuple.

« Je n'avais du reste pas besoin de délayer ainsi ma pensée. Tu es capable de déduire d'une phrase toutes ses conséquences. Or je t'ai dit, au commencement de cette conversation, et je te répète que ce qui peut seul mettre radicalement fin à la crise espagnole, c'est la certitude qu'*Alphonse XII est Roi à cause de Sa mère, et non malgré qu'il Soit Son fils.*

« Tant que cette certitude ne résultera pas du retour d'Isabelle II à Madrid, le carlisme restera en armes, les ambitions et les intérêts pêcheront en eau trouble, ton Gouvernement restera inquiet, et notre malheureuse Espagne pourra, du jour au lendemain, redevenir, en même temps que le théâtre d'événements terribles, le prétexte de complications européennes aussi menaçantes pour la France que pour elle!

« Tu voulais savoir la vérité? la voilà! »

Fidèle à l'engagement que j'ai pris de ne point commenter les opinions de mon interlocuteur, je ne me suis appliqué qu'à une chose : c'est à les rapporter telles qu'il me les a exprimées.

Paris, 25 juin 1875.

1831. — J. CLAYE, IMPRIMEUR, 7, RUE SAINT-BENOIT. — [1336]

32